SHARK

Story 운雲 × 김우섭 Art

7

떡대 하나에
꼬맹이 하나 추가됐다고
뭐가 달라질 줄 알고!!

둥!

텅떡!!

하아...

너 이 새끼,
왜 가까운 놈 놔두고
굳이 나한테 앵겨?

하긴 나 같아도 셋 중
나를 제일 만만하게
봤을 거야.

붕~!

!!

콰직!!

퍽!!

4

실망시켜서 미안.

나도 좀 하거든.

뭣들 해!
설마 새파란 애새끼들한테
쫀 거냐?

니들이 그러고도
건달이야?!

살그...

하아...

하아...

콰직!

컥!

야 빡빡이!
뒤통수 관리 안 하냐?

넌 문신 대머리라서
한 번쯤 꼭 때려주고 싶게
생겼다고 누누이 말했잖아.

11

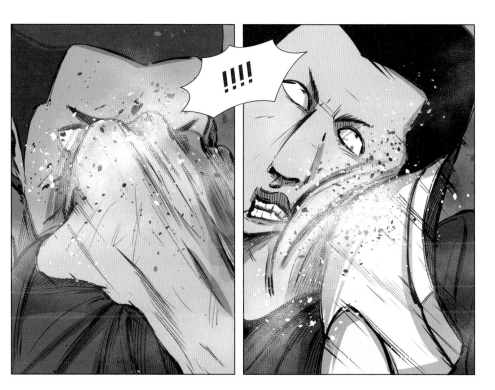

끄으...

…떠들 만하니까 떠들지.

그나저나 저 녀석은 산속에 틀어박혀서 혼자 훈련한다더니 이젠 뭐 완전체가 된 분위기다?

…저놈이
제일 문제로군.

스윽…

퍽!

삵그…

삵그…

펴익!

부웅!

콰직!

뒈져!!

제대로 들어갔어.

…우선 제일
위험한 놈은 제거했…

뭐 하냐?

?!

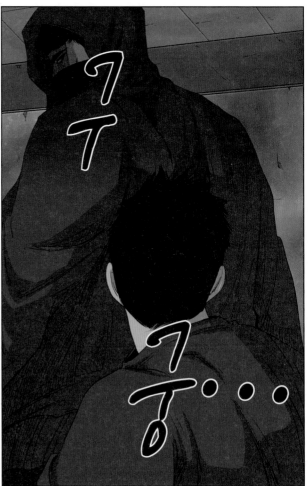

ㄱㅜ

ㄱㅎ…

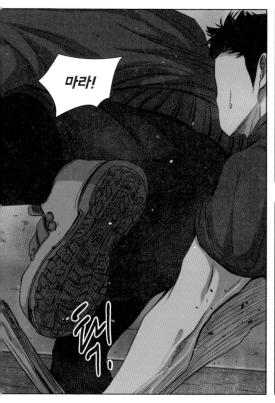

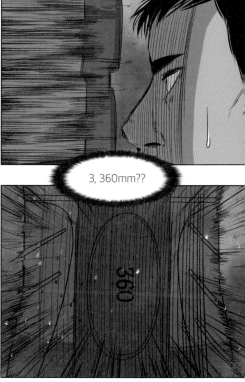

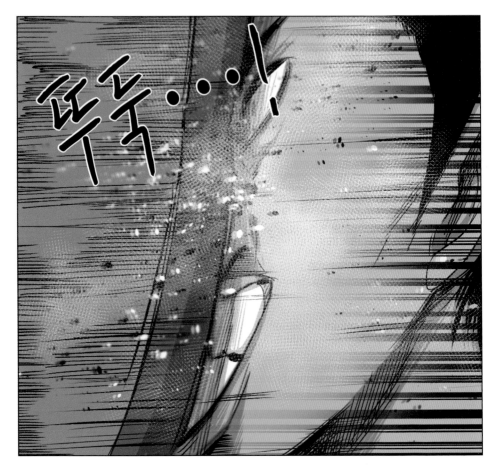

밤낮없이 붕어빵만
굽는 사이에 저 녀석도
점점 멀어져 가네.

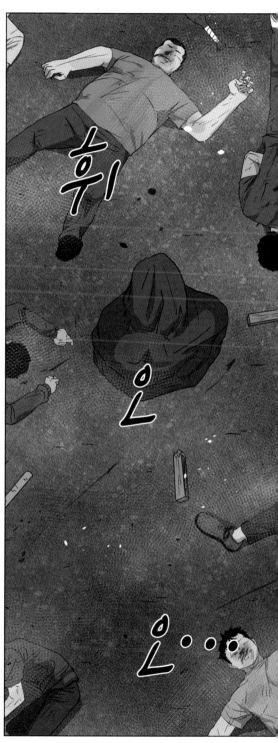

일단 여긴 대충
마무리된 것 같은데.

…형들.

…아 맞다.
너 한 살 동생이었지.
자꾸 깜빡깜빡한다.

그나저나 네가 여긴 어쩐 일이야?
산속에 처박혀 있어야 할 놈이.

뒤게 하나
알거렸다.

자세한 이야긴
이따 상황 마무리되거든 하고.

…들기론 차우솔이가
위험하다더니 그 녀석은
어디에 있는 거야?

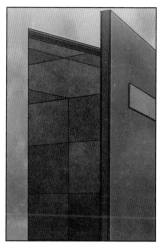

안 끓어?

…

뭐 할 수 없지.

째익!

친절하게
몸소 끓려주는 수밖에.

큭!!

파익!

바들...

오호, 또 버티네?

재밌네. 재밌어.

언제까지
그럴 수 있는지
한번 보자고.

…

눈깔에 힘은
좀 빼지그래?

으득...

쉬익!!

응, 자신 없어~

큭큭큭!! 어울리지도 않는
어설픈 도발 하지 마, 등신아.

난 낭만 같은 거
모르는 사람이야.
아직도 모르겠어?

이젠…

이젠 진짜
어떻게 해야 하지?

30

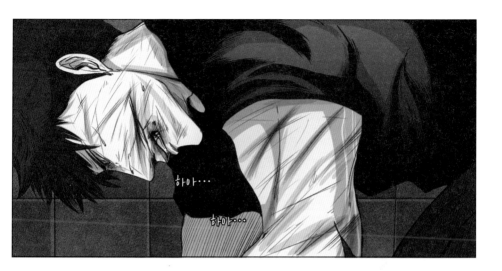

하아···

하아···

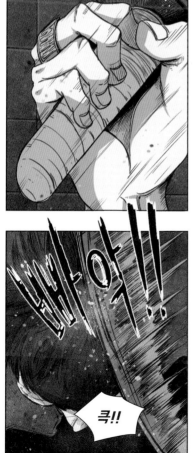

따아악!!

쿡!!

풀썩.

허억···!

허억···!

!!

하아···

뭐야, 보통 사람 같으면
뻗어도 한참 전에
뻗고도 남았을 시간인데.

허억···!

부들···

허억···!

부들···

···괴물인가.

킥! 그냥 뻗어 있지
뭘 또 일어나길 일어나?

허억···!

허억···!

아직 포기하지
않았으니까.

허억···!

허억···!

그야 당연히···

흠칫!

저 표정은…

3년 전

끼익!

덜컹...

툭

위에는
나 혼자 다녀올 테니까
너희는 여기서 기다려.

예.

아 맞다.
그거 꺼내.

딱!

아, 예!

우다닥!

덜걱

REAL
COMPANIA

뚜벅

하! 이 새끼
눈치 없네?

?

뚜벅

어른이
뭘 들고 있다 싶으면
네가 얼른 대신 좀 들고
그래야 할 거 아냐.

허억!

마! 귀한 거니까
조심히 들라고 자식아.
딴 데 보지 말고.

…

헐끔

띵~

곧 사장님보다 높은 분을
만나실 겁니다.

뚜벅...

뭐?

툭!

낼름

염라대왕
몰라?

하아…

하아…

…이런 미친.

콕!!

뒈지기 싫으면
짖으라고.

사

아

씨발 새끼들!!

!!!!

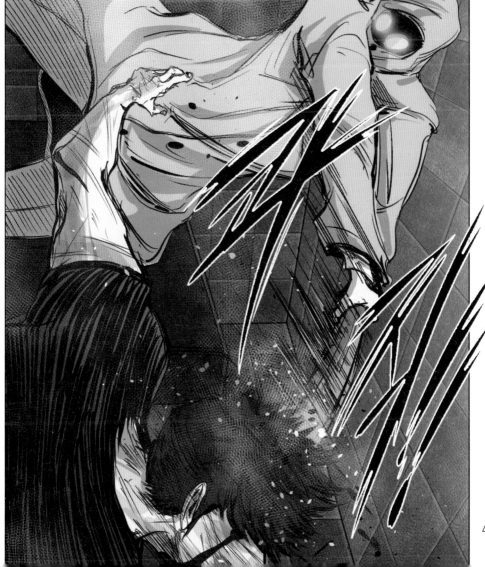

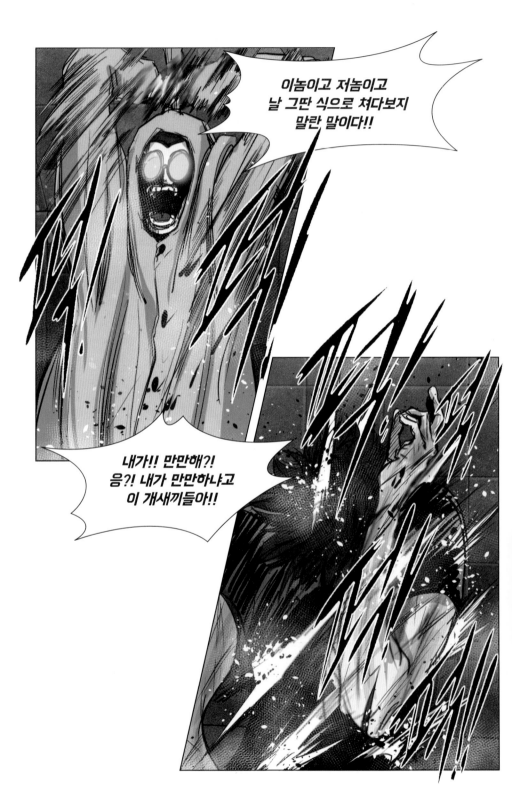

52

여기 같은데?
여기만 불이
들어와 있잖아.

역시.
제대로 찾아왔네.

싫은데?

···

···

어떻게든 저쪽만
해결하면 되는 건데···

…해보자.

이 정도 거리라면
충분히 가능해.

끄윽…

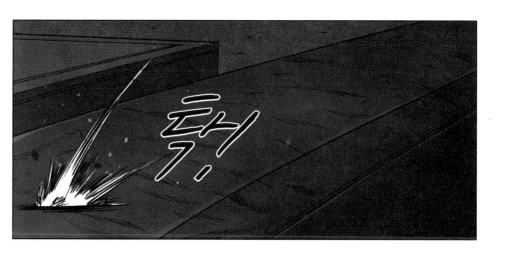

뭐야?!

엇!!

아가씨
머리 치워!!

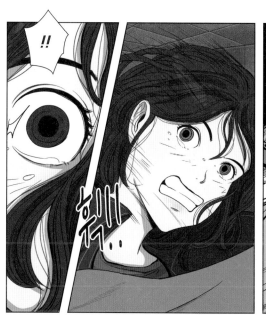

꺅!

휘청—

ㄷ ㅜ

으힝!

웃차.

허억!

씨익

처음 뵙겠습니다, 제수씨.

…예?

이런 미친…

보아하니 이제
네놈이 밟힐 차례인 것
같은데?

우린 붕어
공중쇼 잘 봤냐?

뚜벅…

!!

뚜벅…

스윽

나한테 맡겨.
저런 비겁한 수작을 부리는
녀석을 그냥 둘 순 없지.

야!
재주는 내가 넘었는데
왜 재미는 니들이
보려고 해?

둘 다
숟가락 안 치워?

제수씨
진심이라고.

67

이런 쌍,

갑자기 일이
좆같이 돌아가는데?

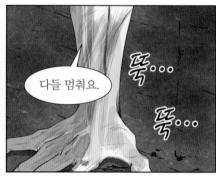

다들 멈춰요.

뚝···

뚝···

···아직 내 차례
안 끝났어요.

바들···

허억···!

허억···!

바들···

!!

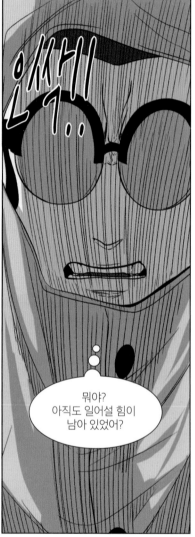

으썩!!

뭐야?
아직도 일어설 힘이
남아 있었어?

너 빡친 건 잘 알겠는데
지금은 형들한테 맡기고
그냥 쉬는 게 어때?

아뇨. 저 인간만은…

허억ㅇㅇㅇ!

허억ㅇㅇㅇ!

허억ㅇㅇㅇ!

허억ㅇㅇㅇ!

내가 처리해야 해요.

…

뚜벅ㅇㅇㅇ

?!

뚜벅ㅇㅇㅇ

그럼 믿는다.

어디 한번
네 맘대로 해봐라.

대신 조금만 밀린다 싶으면
바로 교체다.

뚜벅...

뚜벅...

이미 제 몸 하나
가누기조차 힘든 놈이다.

저놈을 붙잡아서 새로운 인질로 쓴 후에 곧장 대포 형님께 도움을 청하면 단숨에 상황을 뒤집을 수 있어.

씰룩···

그래, 그럼 어디 네 소원대로 제대로 한번 붙어볼까?!

쉭!!

북

!!

으!

꽈아악!

?!?!

푸컥!!

커헉…!

컥…!

말도 안 돼.
무슨 다 죽어가는 놈의
펀치가…

어느 틈에?!

…어?

저 자식은 괴물이야!!

꾹!!

다시는 지희에게
못된 짓을 할 수 없도록…

넌 여기서 죽는다.

…슬슬 말려야
되는 거 아니냐.

소리가
심상치 않은데…

무슨 수로?
저 녀석 눈깔 돌아가면
아무도 못 말리는 거 몰라?

더 이상은 안 돼.
저러다 죽이겠어.

동감이야.
셋이서 한꺼번에…

그만!!

우솔아 그만해.

끼익!

덜컹...

화악...

끄으으...

하아...

으윽...

야, 정신 좀 차려봐.
괜찮냐?

끄으으...

뚜벅...

?!

뚜벅...

이번엔 또 뭐...

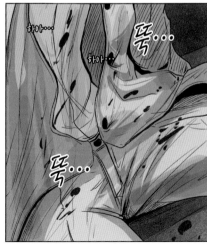

뚜벅…

…오셨습니까.

심각하군.

단순히 싸워서
이기는 것만을 목표로
해서는 사람을 저 지경으로
만들진 않는다.

하아…

하아…

…실망시켜드려서
죄송합니다.

…그럴 리가.
실망하지 않았다.

!

감사합니다.
그렇다면 저희의
복수는 언제쯤…

복수라니?
그게 무슨 말이지?

…예?

애당초 큰형님께서
너에게 기대했던 건 그 소년의
분노를 폭발시켜 한 단계
업그레이드하게 만드는 것.
그 이상도 이하도 아니었다.

네 꼬라지를 보아하니
전부 큰형님께서 원하시는
대로 된 것 같은데.

실망할 것은
무엇이며 복수는
또 뭐란 말이냐.

그게 무슨…

…네까짓 게
뭐라고.

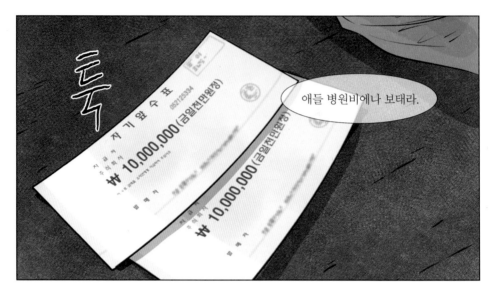

애들 병원비에나 보태라.

뚜벅...

뚜벅...

뚜벅...

...

쿡!

쿡쿡쿡쿡!!

쿡쿡쿡!!

…좆같아서 진짜.

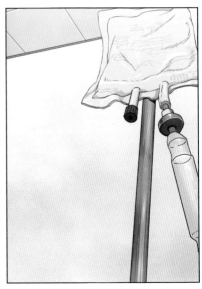

새액…

새액…

다만 공황장애 병력이 있으신
분이라 푹 주무실 수 있는
약을 처방해드렸어요.

다행이네요.

…

외상은
전혀 없어요.

정작 문제는 이분이 아니라 당신이에요.

심각하게 상한 곳은 없지만 그래도 사흘 정도 입원하면서 경과를 지켜보는 게 좋을 텐데.

전 괜찮습니다. 집에서 쉬다가 좀 이상하다 싶으면 바로 올게요.

하아···

본인 생각이 그렇다는데 별수 있나요.

뭐 하는 분인지는
잘 모르겠지만 스스로를 위해서라도
몸 좀 험하게 굴리지 마요.

…예.

미안해.

…미안해 지희야.

아아, 빡빡이는 고생 좀 했지.

도착하니깐 또 맞고 있더라고.

이 새끼가 조금만 빨리 왔어도…

특히 상협이 형까지 나타날 줄은 진짜 몰랐어요.

형들하고 우연히 거리에서 마주친 적이 있다.

따지고 보면 100% 우연은 아니었지.

워낙에 어디서든 눈에 확 띄는 놈이잖아.

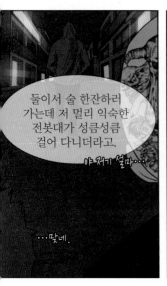

둘이서 술 한잔하러 가는데 저 멀리 익숙한 전봇대가 성큼성큼 걸어 다니더라고.

…딱네.

알 만하네요.

그런데… 형들?

…나 스물둘이다.

아…

우리도
깜빡깜빡해.

무슨 뜻이지.

벼, 별거 아니에요.
형.

너만 몰라
인마.

아무튼 그 자리에서
지난 앙금을 완전히 정리했고
이후론 간간이 연락하며 지냈다.

오늘은 오랜만에
식재료를 사러 산에서 내려온 김에
형들 얼굴이나 한번 볼까 하고
연락했다가 네 소식을 듣고
급히 달려온 거고.

산이요?
요즘 산에서 지내세요?

평생 배운 것이라곤
몸 쓰는 것뿐인데
농구계에선 영구 제명을
당해버렸으니까.

95

그래서 내년 WFF 월드 루키 토너먼트를 대비해 산속에서 혼자 득별훈련 중이다.

월드… 루키 토너먼트요?

WFF가 무엇인지 정도는 알고 있겠지? 네 스승이 몸담았던 단체니까.

예. 세계 최대의 종합격투기 단체잖아요.

WFF는 해마다 한 국가를 지정해서 그 나라의 아마추어 격투가들을 대상으로 리얼리티 쇼를 진행하는데.

그게 바로 월드 루키 토너먼트야.

그리고 대충 눈치챘겠지만 내년 월드 루키 토너먼트 개최지는 한국이다.

리얼리티 쇼요?

무엇보다 매력적인 것은
이 대회 참가 자격이 단 두 가지.
'개최국 국적자일 것'

그리고
'국내외 프로 종합격투기 단체에서
파이트머니를 받고 시합을
한 경험이 없는 순수 아마추어일 것'
뿐이라는 거야.

그렇다고 설마
체급 규정조차 없나요?

체급은 물론 성별조차
구분하지 않아.

언뜻 보기엔
불합리해 보이지만
모든 조건을 불문하고
그저 그 나라에서,

가장 강한 단 한 명에게
일생일대의 기회를 부여하는 것이
월드 루키 토너먼트의 취지거든.

그래서 타 종목에서
영구 제명을 당한 전과자에게도
기회의 문이 열려 있는 거지.

꾸욱...

왜?
너도 참가해보게?

예?
아 그게…

?

사아 —

만약 제가 참가하면
형과도 싸워야 하는 거겠죠?

한 번은 마주치겠지.
둘 다 다른 누군가에게
지지 않는다면 말이야.

개인적으로
무척 기대하고 있는
시합이기도 하고.

후우…

…?

쩔썩!

내가 졌다.

하지만 분명…

내가 봐주기라도
한 것 같냐?

…

펄럭

100% 다 보여주지 않은 건
너도 마찬가지일 텐데?

흠칫!!

…이 사람, 전부
다 알고 있었어.

정 찝찝하면
어제는 그냥 비긴 걸로
치든가.

나중에 다시 만날 일이
생기거든 그때 진짜
결판을 내는 걸로 하고.

…

그런데 그 마스크도
훈련의 일환인가요?

음?

폐활량을 늘리기 위해
일부러…

정체를 숨기기
위해서다.

예?

큰 대회를
준비하는 입장에서
당연한 거 아닌가.

…저기 미안한데요,
형은 마스크가 아니라 오토바이
헬멧을 쓰고 다녀도 단번에
알아볼 수 있을걸요.

무슨 뜻이냐.

…당장 한판 붙자는
뜻인 거 같은데.

그 자식들도
2배로 굴려야겠어.

아무튼 이제 다 정리된 것
같은데 다들 집에나 가자고.

누구 덕분에
오늘 저녁 장사를
깔끔하게 날려버려서
내일은 두 배로 열심히
해야 하거든.

먼저들 들어가세요.
저는 좀 이따가 갈게요.

왜?

그냥요.
생각할 것도 좀 있고.

그래 그럼.
내일도 할 일 많은
우리부터 간다.

혹시라도 또 무슨 일
생기면 바로 연락하고.

예 형들 조심히
들어가세요!

오늘 진짜
고마웠어요!

뚜벅···

뚜벅···

슥

형은
어디로 가세요?

지금은 너무 늦었고
날이 밝는 대로 다시
산으로 가야지.

그건 그렇고···

?

괜찮다면 나와 함께
훈련을 해보는 게 어때?

예?

나 자신을 극단적 환경에
던져놓기 위해 도장이 아닌 산을
택했지만 혼자서 훈련하기엔
아쉬운 부분이 꽤 많더라고.

그렇죠.

특히나 투기 종목은 기술을
주고받아줄 파트너가
무척 중요하니까.

그래서 얼마 전에 형들에게
공동 훈련을 제안했는데 두 사람은
생업을 이유로 거절했다.

난 초등학교 3학년 때부터
10년간 농구부 활동을 했다.
물론 정도현을 대신할 순 없겠지만
그래도 기초 체력과 완력, 순발력을
높여주는 훈련에 대한 이해도라면
여느 전문가 못지않을 거다.

대신 넌 기술적인 부분에서
내게 큰 도움을 줄 수 있겠지.

어딜 가든 나보다 뛰어난
피지컬 트레이너를 만나기 어려울 거다.
물론 나 역시 너만 한 테크닉
트레이너를 구하기 어려울 거고.

…

덧붙여 실력이
엇비슷한 스파링 파트너를
구하기 어려운 건 피차
마찬가지 아닌가.

전부
다 맞는 말이다.

…하지만.

지금 내가 훈련을
떠나버리면…

…

물론 강요할 순 없겠지.
각자의 생각과 입장이
다른 법이니까.

!!

스윽

하지만
지금보다 더 강해져야만
할 분명한 이유가 있다면
나와 함께 가자.

결코
후회하지 않을 거다.

…

종합병원

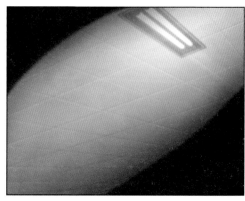

으흠…

?!

뻘떡!

여긴…?

환자분
좀 더 주무세요.
식사 시간 되면
깨워드릴게요.

!

맞아.
어제 난…

하아···

후우···

꿀깍

꿀깍

···

…

저벅…

저벅…

저벅…

띵~

LOBBY

이 층 전체
객실은 저희 회사에서
관리하고 있습니다.

그리고
저희는 불청객의
방문을 정중히 거절하고
있습니다만.

115

현우용이란
사람을 만나러 왔습니다.

흠칫!

…사전에 약속을
잡으셨습니까.

그런 건
안 했는데요.

돌아가세요.

BBY

다시 한 번 말씀드리지만
저희는 불청객의 방문을
환영하지 않습니다.

…

차우솔이 왔다고
전하세요.

그거면
충분할 겁니다.

알겠습니다.
잠시만 기다려주시죠.

이른 시각에 죄송합니다.

지금 입구에
차우솔이란 남자가 와서
큰형님과의 만남을
청하고 있습니다.

예?

…알겠습니다.

실례했습니다.
이쪽으로 모시겠습니다.

뚜벅…

뚜벅…

여기입니다.

…

덜컥

…긴장하지 말자.

쿵○○○

…당신은?

?!

네가
차우솔인가.

그러고 보니 얼굴을
마주하는 건 처음이로군.

대포라고 한다.

전 현우용을
만나러 왔는데요.

하하, 내 자격에
대해 의문을 품는 건가.

재미있군.

사아〇〇〇

실은 나도 비슷한
생각을 하고 있었거든.

큰형님은 서울 주먹계의
정점에 선 분이시다.

힐끔

박시현 따위에게 그토록
험한 꼴을 당한 네가 함부로
불러낼 수 있는 분이 아니야.

…

큰형님은 옆방에서
아직 주무시고 계신다.

스윽…

내게 증명해봐라.

네가 그분의 단잠을 깨울 만한 가치가 있는 남자라는 것을.

원한다면 기꺼이.

125

…

저자가 본격적으로
대응하기 전에 급소를 노려
단숨에 끝장낸다!!

이건…

멈칫!

뭔가 이상해!!

…

조용—

어째서
멈추는 거지?

당신이야말로
지금 뭐 하는 짓이죠?

이런, 설마 너와 내가
지금 싸움이라도 벌이고
있다고 생각한 건가?

오해하지 마라.
이건 싸움이 아니라 그저
가벼운 시험일 뿐이니까.

흠칫!

…시험?

그리고 이게 네가
보여줄 수 있는 전부라면
자격 미달이다.

…돌아가라.

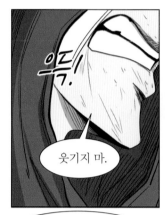

으드!

웃기지 마.

애당초 너희 멋대로
날 건드린 게 시작이었어.

그런데 이제 와서
자격 따위를 논해?

굳이
부인하지는 않겠다.

그저 강자의
특권이라 해두지.

그렇다면 그 특권,

스윽...

내가 누려주지.

고집을 부린다고
불가능한 일이 갑자기
가능해지는 것이 아니다.

보면 알겠지!!

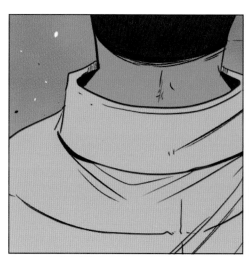

음?

이건 위험하다!

크윽…

난 어려서부터 본명보다
대포라는 별명으로 자주 불렸다.

왠 줄 아나?

…이제 알게 될 거야.

안 돼
저걸 허용하면!

도현이 형은 항상 내 안전을 걱정해 최선을 다하는 법이 없었다.

그래서일까. 이런…

이런 펀치는 난생처음이야!

…

쓸데없이 흥분해버렸군.

…아직 멀었이.

멈칫!

?

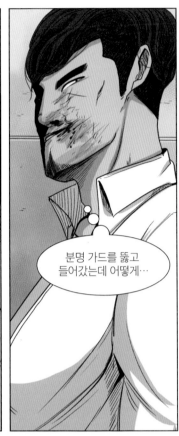

분명 가드를 뚫고
들어갔는데 어떻게…

!!

스윽

설마?

퉁퉁…

…조금쯤은 알겠군.

큰형님께서
이 소년이나 배석찬에게
그토록 큰 관심을 보이시는
이유를.

퍼석···

욱신!

일단 일어서긴 했지만
충격이 너무 커.

욱신!

이 상황에서 저자를
쓰러뜨릴 수 있는
기술이라면…

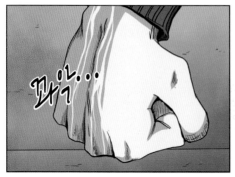

꽈악…

?

넌 큰형님을 독대할
자격이 충분하다.

이제 와서
그런 소릴 해봤자…

긴장 풀어라.
시험은 끝났으니까.

뚜벅…

뚜벅…

따라와라.

…?

뚜벅…

철컥…

!

끼이익ㅡ

움찟!

!!

일찍
일어나셨군요.

씨익

옆방에서 지진난 줄
알았다니까.

얼굴 멋진데?

그건 그렇고…

146

그나저나
여긴 어쩐 일이지?

날 보러 온 건가?

이자의 기세에
눌려 있을 때가 아니야.

그래요.

슥ㅇㅇㅇ

당신에게 할 말이
있어서 왔습니다.

일단 좀 앉지.

싱긋

147

한잔할 텐가?

안 마셔요.

쯧. 평소엔 별로
재미없는 놈이네.

그래, 날
찾아온 용건은?

간밤에 당신의
부하와 싸웠어요.

물론 알고 있어.

뜩

내가 지시한
일이니까.

씨익

…음?

어째서죠.

뻔하잖아.
네가 내 아끼는 부하를
망가뜨렸으니까 나도 네 주변
사람을 건드렸지.

그때도 말했잖아.
조만간 다시 만나자고.

먼저 싸움을 건 건
배석찬이었어요.

내가
성인군자도 아니고.

깡패가 자초지종
따위 알 게 뭐야.

그럼 또 비슷한 일을
저지를 생각이겠군요?

물론.

그럼 한 가지
제안을 하죠.

…제안?

아무리 생각해봐도
지금의 난 당신을 이길 수 없어요.

꽈악…

그래서?

하지만
딱 6개월 후.

…지금보다 훨씬 강해져서
당신에게 정식으로 도전하겠습니다.

그러니까 그때까지만
내 주변 사람들을 건드리지 말고
기다려줘요.

흥미로운 이야기이긴 한데
내가 그 제안을 수락해야 하는
이유는?

네 말마따나 힘의 차이가
분명한 지금 너를 밟아버리면
여러모로 편하잖아.

그럼 지금 당장
그렇게 해요.

…

내 주변 사람들 말고
나를 직접 처리할 수 있는
기회잖아요.

뭘 망설이죠?
지금 난 혼자고, 지치고
부상까지 당했으니까
더더욱 쉬울 텐데.

녀석 봐라?

피식…

어수룩한 척하면서
내가 원하는 게 무엇인지
정확히 꿰뚫고 있잖아.

이거 이거…

생각해보니
꽤 건방지네.

6개월 정도면
날 뛰어넘을 수 있다고
생각하는 건가?

해보면 알겠죠.

좋아.
기다려주지.

대신 6개월에서
단 하루라도 어길 시엔…

153

…각오하는 게
좋을 거야.

…

벌떡

그럼 그렇게
정한 걸로 알겠습니다.

저벅…

저벅…

어째서입니까.

뭐가?

어제 일은 거의 대부분 박시현의 독단적인 결정에 의한 것이었잖습니까.

전사를 키우는 데 증오보다 훌륭한 거름은 드물지.

…6개월을 어느 세월에 기다리지.

어디로 갈까요?

OO산 등산로
입구요.

표정을 보면
알 수 있다.

현우용은
약속을 지킬 것이다.

지희가 미국으로
돌아갈 때까지의 시간은
충분히 벌었다.

물론 부모님도
무사하실 거다.

…아무리 생각해봐도
지금은 내가 멀리 떠날 수밖에
없는 것 같아.

지희에게.

당장 모든 걸 설명해줄 순 없지만
한 가지만은 확실히 보장할게.

아무리 생각해봐도 지금은 내가 멀리 떠날

수밖에 없는 것 같아.

앞으로 어제와 같은 걸은 절대로 일어나지

않을 테니까 안심해도 좋아.

앞으로 어제와 같은 일은
절대로 일어나지 않을 테니까
안심해도 좋아.

미안하고 고맙고, 언제가 될지는 모르지만,,

다시 만날 때까지 잘 지내길 바라.

미안하고 고맙고,
언제가 될지는 모르지만
다시 만날 때까지 잘 지내길 바라.

우솔.

우솔.

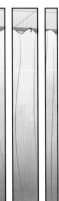

…이것으로 된 거야.

끼익!

…가볼까.

161

처리하고
오겠다던 일은?

다행히 잘
마무리하고 왔어요.

다시 한 번 말하지만
지옥보다도 힘든 시간이 될 거다.

하지만 이를 악물고
끝까지 견뎌낸다면
6개월 후엔 네 그 작은 몸 안에
나와 맞먹는 파워가
깃들어 있을 거야.

...

각오는 됐나?

형이야말로
각오하는 게 좋을걸요.

물론.

피식...

시간 낭비할 것 있나.
지금 바로 시작하지?

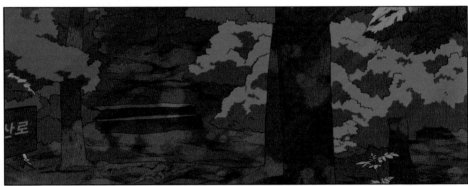

형은 이 길…

허억…!

허억…!

허억…!

허억…!

아니 이걸
길이라고 부를 수나 있나.
아무튼 여길
매일 달리는 건가요?

해가 뜰 때 한 번,
질 때 한 번.

하루의 시작과
마무리는 항상
이 산악 구보다.

하, 두 번이나요?

형이 그 큰 체구를 가지고도 체력 문제를 겪지 않는 이유를 알 것 같네요.

진짜 로드웍만큼은 자신 있었는데 산속을 달리는 건 개념부터 완전히 다른 거 같아요.

하아···

하아···

난 오히려 네 체력에 놀라고 있다.

중학생 때부터 산악 구보를 해온 나와 거의 동시에 들어오다니.

네가 조금만 익숙해지면 상대가 되질 않겠어.

후우···

에이 설마요.

하아···

하아···

171

쩌르륵•••

쩌르륵•••

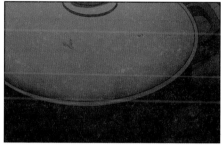

휴대폰도
가지고 있어요?

잠시 바깥세상을
떠나 있지만 혹시나 스스로
해결이 안 되는 큰 부상을 당하거나
중요한 연락을 받아야 하는 상황이
발생할 수도 있으니까.

왜? 넌 두고 왔어?

일단 챙겨 오긴 했는데
충전은요?

소형 태양광 발전기가 있다.
너도 낮에 충전해서 써.

의의야···

보면 볼수록 은근히
섬세하다니까요.

그리고 휴대폰이 있으면
식사 시간에 이렇게 프로 선수들의
시합을 모니터링할 수도 있거든.

오늘은 마침 네
스승의 시합이로군.

?

WFF

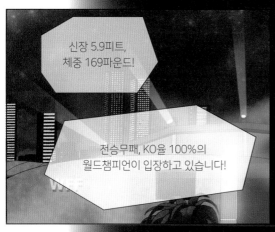

신장 5.9피트,
체중 169파운드!

전승무패, KO율 100%의
월드챔피언이 입장하고 있습니다!

케이지의 초인,
정도현!!

클린치, 나아가 그라운드
상황으로 가면 정도현 선수가
위험할 수 있어요.

하지만 정도현 선수가
쉽게 접근을 허용할 리가 없죠?
철저하게 히트 앤 런 스타일의
타격전을 펼칠 것으로
예상됩니다.

저 꼴통 새끼가
또…

끼끈···

미국. 미시건 주 디트로이트

널름…

…아주 좋아.

요즘 같은 시대에
도장 깨기라.

193

그래서
뭐 어쩌라고?

오줌이라도
지려줄까?

아직도 더 싸우고 싶다면
이제부턴 내가 상대해주마.

뭐 하자는 거야!!
네가 왜 나서!!

네가 지금 저딴 녀석과
투닥거릴 시기냐!
다음 WFF 이벤트가
2주도 안 남았어!

가볍게 한 라운드
정도면 충분합니다.

…그럼 딱
한 라운드만이다.

그 이상은 안 돼.

…물론 지미의 진짜 특기는
타격 따위가 아니지만 말이야.

정신 안 차려?!
시합 2주 남기고
부상당하고 싶어?

아닙니다.

이제
끝내겠습니다.

아까 그놈하고
뭐가 달라?

이제 보니 아가리
프로였나 봐?

좆 까는 소리!!

꾸드득···!

이 녀석 무슨 힘이···

꽈아악···!

아니 그보다 어떻게 아직도 의식이 남아 있을 수가 있는 거지?

으아아아!!!!

떼!

아닉!

하아···

하아···

우득!

우득!

미친놈이!

이런 이러다가···

뿌득!

공이 울렸다. 끝났어.

싸움에 라운드
따위가 어딨어?

격투기에는 있다.

개수작부리지 말고
다시 덤벼.

내가 졌다.

중요한 시합을
앞두고 있거든.

…뭐?

하아…

…

난 분명 1라운드 안에
널 쓰러뜨리겠다고 선언했다.
그리고 실패했지.

그럼에도 불구하고
네가 더 고집을 부린다면
모양새가 빠지지만
경찰을 부를 수밖에.

쫄보 새끼들.

그리고 무엇보다
계속해봐야 부상 없이
널 꺾을 자신이 없다.

뿌득…!

러버맨(Rubber Man)을
만나려면 어디로 가야 하지?

서, 설마 그분의
손님인가?

아니.

그럼?

녀석과 한판
붙어보려고.

!!!!

유음

껄!

…품!

HA!

HA!

HA!

HA!

…

HA!

HA!

HA!

HA!

HA!

HA!

크크큭! 싸운다고?
러버맨과?

뭐가 그렇게
우습지?

좀 더
처맞고 싶은가?

이봐, 정말로
러버맨을 만날 생각이라면
지금 우리의 원한을
사면 안 되지.

잠깐이지만 내가 싸우는
모습을 보고도 이런 말을 한다?

뭐?

러버맨이란 자가
특별하긴 특별한 모양이네.

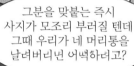

그분을 맞붙는 즉시
사지가 모조리 부러질 텐데
그때 우리가 네 머리통을
날려버리넌 어녁하려고?

그렇긴 해도…

큭?!

…그 말 똑똑히
기억해두겠다.

따라와라.

푸쉬이…

털그덕…

털그덕…

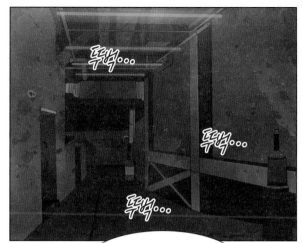

투벅···

투벅···

투벅···

스

윽

무슨 일이지.
여긴 초대받지 못한 자는
출입 금지다.

알지. 그런데
이 친구가 미스터 밀러를
만나고 싶다고 해서

안 된다.

여기고 저기고 윗대가리들
비싸게 구는 건 똑같네.

아무튼 이 안에
그 인간이 있는 건
확실하다 이거지?

꺼져라.
둘 다 밟아버리기 전에.

철컥.

?!

225

빌어먹을.
여긴 미국이었지.

가라. 괜한 소동으로
그분의 휴식을
방해하고 싶지 않다.

제길, 이대로
물러나는 수밖에 없나?

크윽…

!

아, 혹시 녀석의
이름을 팔면…

실은 지미의 소개를 받고 왔다.

훔칫!

뭐?

ㄷㅜ

WFF 신인 선수 지미 앤더슨 말이야.

ㄷㅗ

스윽

기다려라. 안에 연락해보겠다.

…

들어가도 좋다.

안팍이
아주 딴판이잖아.

그나저나
이 많은 놈들 중에서
녀석을 어떻게 찾는다?

231

이번에도 아무나
한 대 쥐어 패준
다음 물어볼까?

...

피식...

그럴
필요 없겠군.

!

지미가 약골을
추천해줬을 리가 없거든.

지금부터 딱 10분간
이 친구들을 한꺼번에 상대하고도
두 발로 서 있을 수 있다면
네 말을 믿어주겠다.

지랄, 이놈이고 저놈이고
아주 지긋지긋하게 구네.

그냥 한 방 먹이면
바로 시작하는 거지!!

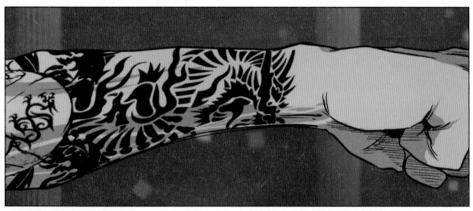

241

저 괴상한 자세를
무척 자연스럽게
유지하고 있다.

힘을 줘서 억지로 버티고
있는 차원이 아니야.

상식을 초월할 정도로
유연한 거다!

으득···

근래에
보기 드문 흥미로운
주먹이었다.

휙.

너. 몇 살이지?

씨익

그 나이에 그토록
날카로운 주먹이라…

후우—

더 시험해보고
말고 할 것도 없겠어.

넌 지미의 추천을
받은 게 확실하다.

고맙군.

니들 나이로는
아직 19살이지.

그딴 건 왜?

그래,
나를 찾아온 이유가 뭐지?

돈? 쾌락?

아니면 이 거리에서의
안전을 보장받고 싶나?

응 없어.

나를 지금보다 더 강하게 만들어줄
강자들을 찾아다니는 중인데,
네가 미시건에서 제일 유명한 싸움꾼이란
말을 듣고 찾아왔을 뿐이야.

뚜둑!

뚜둑!

바깥에서
날 그렇게 부르던가?

피식!‥‥

지들 맘대로
갖다 붙인 호칭일 뿐이다.

형제들!

더욱 즐거운 파티를 위해 잠시 재미난 쇼를 보여줄까 하는데 다들 어떻게 생각해?

다리!! 다리!!

팔!! 팔!!

아니, 곧바로 모가지를 부러뜨려버려요 대장!!

저 소리가 들리나?

이빨!

다리!

팔!

팔!

다들 자네가 이 자리에서 불구가 되는 모습을 보고 싶어 하는군.

얼마 전 지미나
여기 졸개들의 반응을 종합해보면
이 녀석의 특기가
관절기인 건 틀림없다.

붙잡고 늘어져 봐야
재미 못 봐.

철저하게 타격 공방으로
끌고 간다.

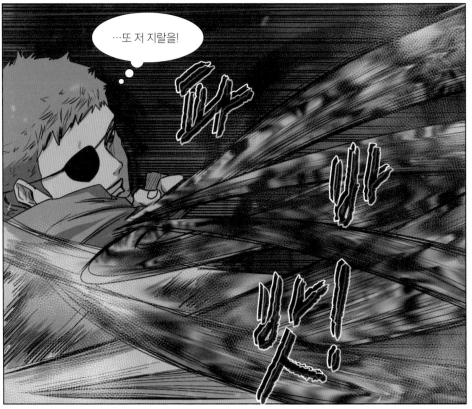

…또 저 지랄을!

올리는 건 어떠냐!!

됐어,
허를 찔렀디!!

?!

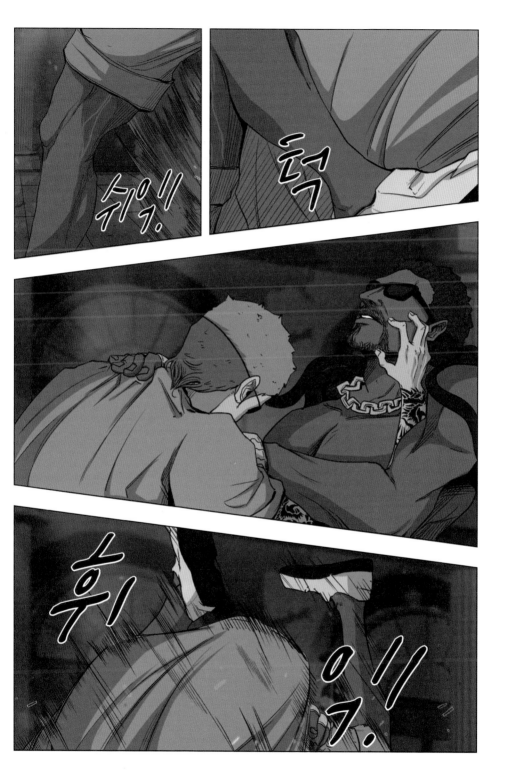

빌어먹을.
이런 건 생각도 못 했다.

내가 너처럼 물러 터진 놈이랑
닮긴 뭐가 닮아?

빠가작!!

난 말이야,
일단 싸움을 시작했으면…

훅!

이기든 지든 끝장을
보는 놈이거든!!

부

훅—!

?!

쉭!!

쉬익!!

265

크윽!!

사실 나도
네 나이 땐 앞뒤 안 가리고
일단 덤벼들고 봤지.

싱긋

으아아!!

꽈아악!!

어른 말 안 듣고
때만 쓰는 아이를 잠재우는 데는
이만한 게 없지.

허억···!

허억···!

씨발···!

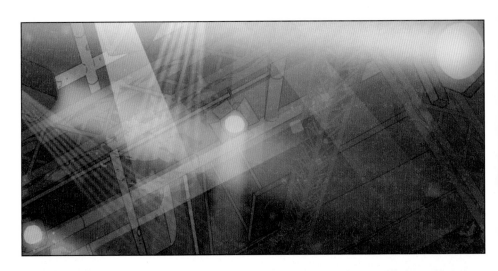

당연하지.

뻑!

!

방금 네놈 낯짝을
걸레짝으로 만들어버릴
방법이 생각났거든.

으득!

하아…

하아…

그리고 그 도전자들 중 대다수는 좀 전의 나와 똑같은 전략으로 싸움에 임했겠지.

즉, 타격가와의 스탠딩 공방은 녀석이 가장 많이 겪어본 대결 방식인 셈이야.

반면 상대의 입장에서 생각해보면 저런 연체동물과도 같은 유연함의 소유자와의 대결은 그야말로 생전 처음.

당황할 수밖에 없다.

무슨 생각을
그렇게 골똘히 해?

까딱

까딱

용감한 젊은이인 줄
알았더니?

그렇다면 나도.

?

스윽

저벅···

저벅···

?!

뭐 하자는 거야?

저 꼬마,
기껏 생각해낸 게
도망질이야?

HA!

HA!

HA!

HA!

HA!

그러지 말고
지금이라도 잘못했다고
싹싹 빌어 인마!

…

꾸깃…

상대가 저렇게 극단적으로
벽을 등지면 테이크다운을
시도하기 까다로워진다…

그라운드로 가는
상황 자체를 막겠다는 건가.

주믹만금이나
격투 지능도 무척
뛰어난 녀석이군.

하지만…

너야말로 무슨 생각을
그렇게 골똘히 해?

용감한
늙은이인 줄 알았더니.

까딱

까딱

제법 머리를 썼지만 굳이 넘어뜨리지 않아도 널 제압할 수 있는 기술은 널리고 널렸다!!

네가 말도 안 되게 유연한 몸을 타고났듯…

나도 타고난 게 있거든.

보인다!!

퍽!

?!

퍽!

슉!!

퓻!

!!

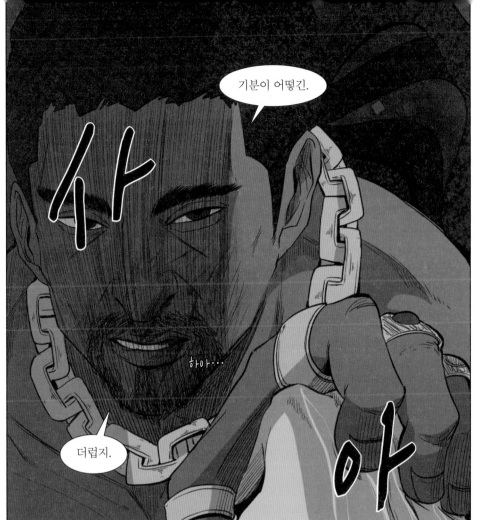

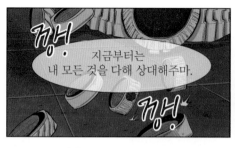

깽!

지금부터는 내 모든 것을 다해 상대해주마.

깽!

생각보다 큰 데미지를 주진 못한 데다가 손까지 맛이 가버렸네.

이제 어떡한다?

워신.

워신.

각오하는 게 좋을 거다.

뚜둑...

한결 낫군.

뚜둑...

어쩌긴 뭘 어째.

늘 그랬듯 일단 들이받고 보는 거지 뭐.

꽈악!

트

으아앗!

앗

제길…!

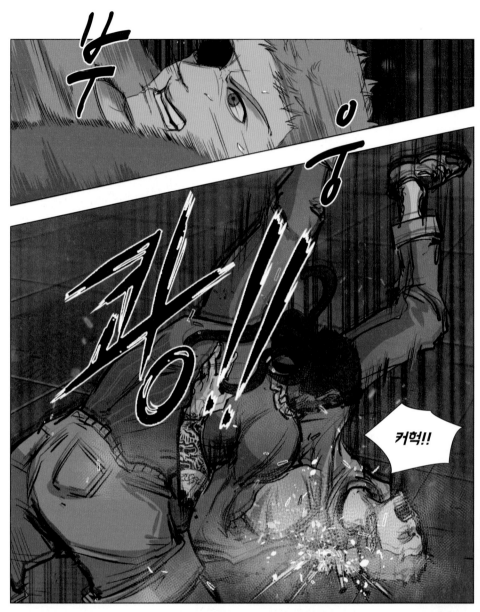

강해.

투두둑°°°

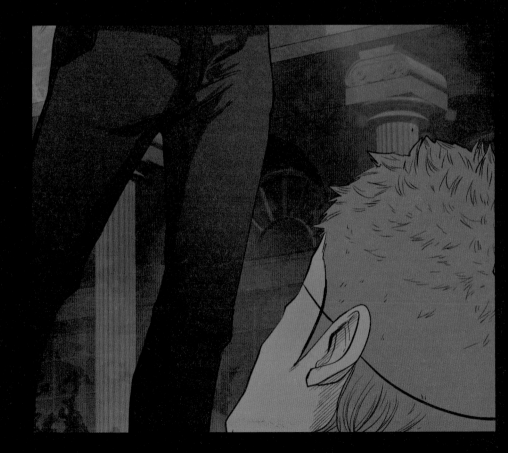

나도⋯

그 새끼보다
훨씬 강했잖아.

그런데 그놈은⋯

당연히 나도 할 수 있어!!

?!

퉁

큭!!

욱신!

욱신!

뭐야, 아직도
이런 힘이 남아 있었나?

아니, 오히려
처음보다 더 강해졌어.

…알겠다.

?!

예전에 운동하던
시절에 살짝 들은 적이 있어.

인체에 감당하기 힘든 거대한 통증이나 스트레스가 찾아올 경우, 뇌는 몸을 보호하기 위해 아편성 펩타이드, 말하자면 일종의 천연마약물질을 분비하거든.

엔도르핀(endorphin)이라고 들어봤나?

그게 바로 엔도르핀이다.

에?

엔도르핀? 그거 실실 쪼개면 나오는 거 아니에요?

놀랍게도 그 물질의 효능은 의학용 모르핀의 약 800배에 달해.

많이들 오해하고 있는데 실제로는 정반대야.

한 마디로 엔도르핀이 분비되면 순간적으로 거의 모든 통증이 차단되는 거야.

비슷한 예를 들자면 교통사고를 당한 사람이 사고 직후에는 통증을 전혀 느끼지 못하다가 정작 병원에 도착한 후 앓아눕는 경우가 종종 있잖아?

그뿐만이 아니야. 엔도르핀은 십중팔구 아드레날린의 분비도 동반하거든.

통증을 차단당한 근육과 관절이 육신의 한계를 체감하지 못하는 상황에서 아드레날린까지 사정없이 뽑혀져 나올 경우…

일시적으로 육체의 한계를 뛰어넘어
엄청난 힘을 발휘할 수 있다.

쳇, 무슨 판타지
소설 같은 소리를.

픽···

믿고 말고는
알아서 판단해.

말 그대로 육체를
한계까지 몰아붙이지 않으면
결코 체험할 수 없는 현상이니까.

8권에서 계속

The cat will set you free.

…의무실 주변에
돌아다니는 길고양이가
한 마리 있거든요.

멍청해서 혼자 놔두면
쫄쫄 굶을 게 뻔해서.

부탁드릴게요.

어?
어… 그래.

시간 날 때마다
챙겨줄 테니까 걱정 마.

응?
…고양이?

저 여기 있는 동안
가끔씩이라도 가서
밥 좀 챙겨주세요.

고맙습니다.

꾸벅

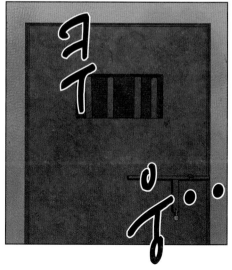

쿠

웅…

뚜벅⋯

뚜벅⋯

덜컹!

한 번 더 사고 치면
진짜 끝장인 거 알지?

너희도 마찬가지.
또 한 번 애 자극해서
싸우게 하면 그땐
경고로 안 끝나.

뭐, 분위기를 보면
그럴 수 있을 것
같지도 않지만.

ㅋㅋ

읏

⋯

꿀꺽⋯

콩닥⋯

콩닥⋯

뭐야?
자기도 전혀
안 먹었잖아?

싫어?

아, 아냐!
너 다 먹어!

쓱.

0444

두리번

두리번

저년
지금 뭐 하는 거죠.

아까부터
자꾸 누굴 찾는 거
같은데…

…유선 언니겠지.

예?

그때 그 사건,
유선 언니가 주동자였잖아.
아직도 분이 안 풀렸겠지.

난 떨쳐 저서
괜찮놓지만…

설마요.
징벌방에서 뺑이 치다가
오늘 겨우 돌아왔는데요?

!!

아직도
저년을 모르겠어? 저년은
그런 거 좆도 신경 안 써.

배알 틀리면
누가 보든 말든 패고,
아무리 패도 직성이 안 풀리면
그냥 죽일걸?

오, 마주쳤다.

?!

309

저벅...

야, 잠깐만!

저벅...

저벅...

저벅...

그땐 내가...

사락...

505

떨떨하긴.

황당···

···?

대충이라니.
다시는 이런 곳으로
돌아오지 않도록
노력해야지.

글쎄요.
그건 별로 상관없는데.

아, 그건 그렇고요,

응?

솔직히 좀 놀랐다.

네가 이렇게 모범적으로
형기를 마칠 줄은 몰랐거든.

내일이면 기다리고
기다리던 출소인데, 앞으로의
계획은 어때?

없어요.
딱히 돌아갈 곳도 없고.

그냥 여기서 번 돈으로
대충 어떻게든 살아봐야죠.

제가 여길 나가면…
띨띨이도 따라올까요.

띨띨이?

고양이요.

??

아마 그렇지는 않을 거다.
고양이는 기본적으로
영역 동물이야.

어지간해선
자신이 원래 있어야 할 곳을
떠나지 않아.

…그렇군요.
알겠습니다.

313

수고하셨습니다.
안녕히 가세요.

우르르ㅡ

시끌…

시끌…

고생했어.

엄마…

쳇, 유치하긴.

야앙~!

?!

휙!

그래 그럼…

같이 가자.

딸랑~

어서 오세…

이렇게 살고 있었네?
완전 의외다.

하이~

퉁!

얼마 전에
출소했단 말은
들었는데…

꺼져.

너희하곤
할 말 없어.

이런 거 하면 한 달에 얼마나 벌어? 100? 200?

하루에 명품 시계 하나씩만 해먹어도 여기 한달 수입보다 훨씬 많이 남길걸?

왜 하늘이 내려준 재능을 방치해? 그 빠른 손이 울겠다. 울어.

마지막 경고야. 꺼져.

아니면 죽는다.

!!

성질머리는 여전하네.
그래, 오늘은 이만 갈게.

…싸우면 내가 지니까.

머리 풀지마~

그리고
이건 내 연락처.

그냥. 생각나면
연락하라고.

툭

쿠기익!!

…독하네.

아직 안 갔어?

몇 년 만에 봤는데…
매정하긴

그래 간다 가.

그전에 마지막으로
한 가지만 물어보자.

?

갑자기
왜 이렇게 변했어?

322

진짜 참하고 맛나겠네.

너 원래 제일
막 나가던 년이었잖아.

...생겼거든.

뭐가?

가족.

하~암

323

샤크 7

초판 1쇄 발행 2020년 2월 14일
초판 2쇄 발행 2022년 1월 28일

지은이 운 김우섭
펴낸이 김문식 최민석
총괄 임승규
편집 이수민 김소정 박소호
　　　김재원 이혜미 조연수
표지디자인 손현주
편집디자인 이연서 김철
제작 제이오

펴낸곳 (주)해피북스투유
출판등록 2016년 12월 12일 제2016-000343호
주소 서울시 성북구 종암로 63, 5층 (종암동)
전화 02)336-1203
팩스 02)336-1209

ⓒ운·김우섭, 2020

ISBN 979-11-6479-082-1 (04810)
　　　979-11-6479-079-1 (세트)